Vente du Samedi 21 Février 1880

HOTEL DROUOT, SALLE N° 1.

TABLEAUX

ANCIENS

EXPOSITION PUBLIQUE : Le Vendredi 20 Février 1880,

DE UNE HEURE A CINQ HEURES.

COMMISSAIRE-PRISEUR
M° Charles PILLET
10, rue de la Grange-Batelière

EXPERT
M. E. FÉRAL, PEINTRE
54, Faubourg Montmartre

CATALOGUE

DE

TABLEAUX ANCIENS

Parmi lesquels plusieurs provenant des Collections:

POMMERSFELDEN, H. DIDIER, TARDIEU, NEVILLE GOLDSMID DE LA HAYE, ETC.

ŒUVRES DE :

**Backhuysen, Cuyp, Dusart, Drouais, Eeckhout, Hals, de Heem,
P. de Hooge, Jordaens, Th. de Keyser, T. Lawrence,
Maes, Molenaer, Rottenhamer, Steen, Tilborgh, Verschuur
Vitringa, de Witt, etc., etc.**

DONT LA VENTE AURA LIEU

HOTEL DROUOT, SALLE N° 1,

Le Samedi 21 Février 1880,

A DEUX HEURES ET DEMIE.

Par le ministère de M^e **CH. PILLET**, Commissaire-priseur,
10, rue de la Grange-Batelière,

Assisté de **M. FÉRAL**, Peintre-Expert, 54, Faubourg-Montmartre,

Chez lesquels se distribue le Catalogue.

EXPOSITION PUBLIQUE : Le Vendredi 20 Février 1880
DE UNE HEURE A CINQ HEURES.

CONDITIONS DE LA VENTE

Elle sera faite au comptant.

Les adjudicataires payeront *cinq pour cent* en sus des enchères.

L'exposition mettant le public à même de se rendre compte de l'état des objets, il ne sera admis aucune réclamation une fois l'adjudication prononcée.

Paris. — Typ. PILLET et DUMOULIN, 5, rue des Grands-Augustins.

DÉSIGNATION

BACKHUYSEN (LUDOLF)

1 — Marine.

Les eaux, soulevées par la violence du vent, menacent d'engloutir une frêle embarcation de pêcheurs fuyant à force de voiles; plus loin, on découvre sur divers points des bâtiments sillonnant la mer et allant se perdre à l'horizon.

Fine et belle qualité du maître.

Toile. Haut., 50 cent.; larg., 66 cent.

BACKHUYSEN (LUDOLF)

2 — Marchande de poissons.

Elle est debout, derrière un étal, vue de face, tenant à la main une tranche de saumon.

Charmant petit tableau de l'artiste.

Signé du monogramme.

Bois. Haut.. 28 cent.: larg , 80 cent.

CROOS (J. VAN)

3 — Vue d'Amsterdam.

On aperçoit au loin la cathédrale, le sommet des maisons environnantes et une suite de moulins situés sur le bord d'une rivière.

Bois. Haut., 28 cent.; larg., 47 cent.

CUYP (ALBERT)

4 — Fruits.

Des pêches et des raisins sur une table de pierre. Bon tableau du maître. Signé.
Collection Hodgson Dedel, d'Amsterdam.

Bois. Haut., 45 cent.; larg., 38 cent.

CUYP (attribué à ALBERT)

5 — Paysage et animaux.

Deux villageois et deux pâtres causent auprès d'un massif d'arbres; au premier plan des chèvres et des moutons; plus loin, sur un terrain élevé, d'autres animaux ; dans le fond, un village.

Toile. Haut., 68 cent.; larg., 88 cent.

GUYP (attribué à Gerritz)

6 — Portrait d'enfant.

Il est en pied, debout au bord de la mer, vêtu d'une robe bleue à liseré d'argent , les cheveux blonds, la tête couverte d'un chapeau à large bord, il joue au croquet.

Toile. Haut.. 1 m. 10 cent.: larg., 80 cent.

DANLOUX (PIERRE)

7 — La jeune fille au manchon.

Vue jusqu'à la ceinture, les cheveux blonds relevés et noués par un ruban, vêtue d'une robe de soie violette garnie de fourrure et ceinture blanche.

Toile. Haut., 62 cent.: larg., 50 cent.

DE VRIES (J.)

8 — Vue de Harlem.

Plusieurs maisons de paysans, situées près d'un enclos fermé par des planches, qui bordent une route; sur les bords, quelques villageois; on aperçoit vers le fond une église et des moulins.
Collection W. A. Verbrugge.

Toile. Haut., 56 cent.: larg., 67 cent.

DIETRICH (CHRÉTIEN-GUILLAUME)

9 — Vieillard lisant.

Bois. Haut., 15 cent.; larg., 13 cent.

DOLCI (CARLO)

10 — Le Martyre de saint André.

Le Saint agenouillé attend avec calme le moment
de son martyre; un des bourreaux prépare la
croix, des soldats entourent le théâtre du supplice.
Au revers, la glorification de saint André,

Cuivre. Haut., 61 cent.; larg., 46 cent.

DROUAIS (HUBERT)

11 — Portrait de Mlle X... après le bal.

Vue à mi-corps, elle tient un loup et a la main
droite appuyée sur le dossier d'un fauteuil, vêtue
d'une robe de soie rose avec petits bouillons de
mousseline, les cheveux relevés et poudrés ornés
de petites fleurs ; dans le fond, un rideau vert.
Charmant et gracieux portrait.

Toile. Haut., 80 cent.; larg., 63 cent.

DUSART (CORNELIS)

12 — Les petits espiègles.

Un jeune garçon tire l'oreille d'un chat, pen-
dant qu'une petite fille, tenant une cage, lui pince
la queue.
Charmant petit tableau. Signé à droite et daté 1682.
Collection Veuve Usellino d'Amsterdam.

Toile. Haut., 20 cent.: larg., 24 cent.

DYCK (genre D'ANTOINE VAN)

13 — Le Christ descendu de la croix.

Le corps est étendu et appuyé sur les genoux
de la vierge; à droite, deux anges en adoration;
dans le haut, des têtes de chérubins

Bois. Haut., 31 cent.: larg., 40 cent.

DYCK (école de VAN)

14 — Pyrame et Thisbé.

Thisbé arrive au moment ou Pyrame, la croyant
dévorée par une bête féroce, vient de se tuer; ne
pouvant survivre à son amant, elle va se percer
de la même arme. A gauche, une fontaine avec un
amour.

Toile. Haut., 75 cent.; larg., 1 m. 14 cent.

EECKHOUT (GERBRAND VAN DEN)

15 — Moïse foulant aux pieds la couronne de Pharaon.

L'artiste représente la scène dans une des cours du palais. Le roi, vêtu d'un manteau de pourpre doublé d'hermine et coiffé d'un turban blanc orné de perles, est assis. A sa droite, sa fille est debout, vêtue d'une robe blanche, suivie de ses femmes. Devant eux, Moïse enfant, foulant à ses pieds la couronne. A gauche, des personnages de la cour de Pharaon, paraissant surpris. Derrière eux, des soldats. Sur une table couverte d'un tapis vert, une coupe en or et un sceptre ; dans le fond des statues.

Beau et important tableau de ce maître.

Signé et daté 1670.

Collection van der Sleyden de *La Haye*.

Bois. Haut., 1 m. 35 cent.; larg., 1 m. 60 cent.

EMMAL (J.-A.)

16 — Intérieur hollandais.

Une jeune femme assise auprès d'une fenêtre fait de la couture et regarde son enfant qui feuillette un livre d'images; à gauche, un grand buffet éclairé par un rayon de soleil; à droite, une cage avec un perroquet, posée sur une table.

Toile. Haut., 59 cent.; larg., 49 cent.

GOLTZIUS (HENRI)

17 — Portrait d'homme.

En buste, cheveux courts, moustaches blondes
et barbe légère, il porte un vêtement noir avec collerette tuyautée.

Bois de forme ronde. Diam., 30 cent.

HALS (FRANZ)

18 — Le Rommelpot.

Le joueur est debout, tenant son instrument ;
une troupe d'enfants, la figure souriante, l'entourent ; une petite fille lui présente une pièce de
monnaie ; à droite, un homme coiffé d'un chapeau
à large bord et enveloppé dans un manteau, le
regarde en souriant ; à gauche, deux jeunes gar-
çons apparaissent sur le seuil d'une porte.

Tableau des plus intéressants, d'une exécution
franche.

Signé du monogramme et provenant de la collection Tholen d'Embden ; il a été cité par Vosmaer
et le Dr Bode, dans leurs ouvrages sur F. Hals et
son école.

Toile. Haut., 1 m.; larg., 80 cent.

HALS (attribué à FRANZ)

19 — Le Tireur d'arc.

Vu à mi-corps, vêtu de noir et coiffé d'un chapeau à large bord, il tient un arc à la main droite.

Toile. Haut., 93 cent.; larg., 70 cent.

HEEM (JEAN DAVID DE)

20 — Nature morte.

Près d'une corbeille en osier remplie de fruits, une bouilloire renversée, un verre, une assiette ; des citrons, une pipe et du tabac ; le tout posé sur une table couverte d'un tapis.

Signé.

Collection Donker Curtius de La Haye.

Toile. Haut., 95 cent.; larg., 79 cent.

HOOGE (PIERRE DE)

21 — Le Notaire dans son cabinet.

Il est vêtu d'une ample robe de chambre rouge, assis à son bureau et feuilletant un livre ; sur le devant, une dame assise, portant un vêtement noir, paraît le consulter ; au second plan, sa femme debout tient un sablier ; à droite, une porte ouverte donnant sur une cour.

Signé en toutes lettres.

Toile. Haut., 62 cent.: larg., 72 cent.

JEAURAT

22 — Portrait présumé de Mlle de Conti en costume d'homme et tenant une vielle.

Toile. Haut., 80 cent.; larg., 62 cent.

JONGH (LUDOLF DE)

23 — Portrait d'homme.

Vu à mi-corps, les cheveux longs, une calotte
sur la tête ; fine moustache ; vêtement noir avec
large collerette rabattue.
Signé à gauche : L. de Jongh fecit.
Collection Bagelaar.

Bois. Haut., 70 cent.: larg., 60 cent.

JORDAENS (HANS)

24 — Le Calvaire.

Le Christ, attaché à la croix, est placé entre les
deux larrons ; au pied de la croix se tiennent Marie-
Madeleine agenouillée, saint Jean et la Vierge. A
gauche, un groupe de cavaliers ; au second plan,
des soldats se partagent la robe du Christ.
Signé.

Bois. Haut., 35 cent.; larg., 46 cent.

KEYSER (THÉODORE DE)

25 — Portrait d'un magistrat.

> Vu à mi-corps, debout, coiffé d'un chapeau de feutre noir à grands bords ; vêtement noir avec large collerette plissée et rabattue. A gauche, ses armoiries accrochées au mur.
>
> Signé.

Bois. Haut., 27 cent.; larg., 21 cent.

KOBELL (FERDINAND)

26 — Laie couchée au pied d'un tronc d'arbre près d'une barrière en planches.

Bois. Haut., 28 cent.; larg., 35 cent.

KOÈNE (ISAAC)

27 — Paysage.

> Sur le devant, un pont traversant un cours d'eau, deux villageois causent arrêtés au bord d'un chemin ; à gauche, quelques maisons entourées d'arbres ; à droite, paysage fuyant avec constructions en ruines.

Bois. Haut., 39 cent.; larg., 60 cent.

LAIRESSE (GÉRARD DE)

28 — Sujet mythologique.

Dans un riche palais, au centre, une déesse assise sur un lit ; sur le devant, des amours tenant des vases et des flambeaux ; au second plan, à droite, Mercure, tenant une épée, menace une suivante qui est sur la porte du palais.

Bon tableau signé du monogramme.

Toile. Haut., 47 cent.; larg., 57 cent.

LATOUR (MAURICE QUENTIN DE)

29 — Portrait de M. Dupouche.

Vu de trois quarts, un bonnet sur la tête, vêtu de noir, il tient un mouchoir, les bras sont croisés et appuyés sur le dossier d'un fauteuil ; à droite, son chevalet sur lequel est un tableau.

Très beau et intéressant pastel provenant de la vente H. Didier.

Il a figuré à l'Exposition des portraits historiques, au palais du Trocadéro, et à l'Exposition rétrospective des dessins à l'école des Beaux-Arts.

Haut., 64 cent.; larg., 53 cent.

LAWRENCE (SIR THOMAS)

30 — Portrait d'homme.

En buste, la tête de trois quarts tournée à gauche, le front chauve, cheveux grisonnants ; il porte une cravate blanche et un habit boutonné sur la poitrine.

Belle peinture.

Toile. Haut., 77 cent.: larg., 35 cent,

LERICHE

(DEUX PENDANTS)

31 — Dessus de portes. — Vases style Louis XVI.

En marbre blanc et rose, avec anses en bronze et guirlandes de fleurs.

Toile. Haut., 72 cent.: larg., 1 m. 35 cent.

LERIGHE

31 bis. — Fleurs dans un vase.

Toile. Haut., 80 cent.; larg., 1 m. 20 cent.

MAES (DIRCK)

32 — Paysage.

Un chasseur à cheval, accompagné de plusieurs chiens, cause avec un homme assis sur le bord d'une route.

Effet de soleil couchant. Charmant tableau de l'artiste.

Collection Van den Bosch.

Toile. Haut., 45 cent.: larg., 51 cent.

MOLENAER (JAN MIENSE)

33 — Le Jeu de la mule.

Une assez nombreuse société d'hommes et de femmes est réunie dans l'intérieur d'un cabaret ; les uns boivent ou se chauffent à une large cheminée, d'autres causent ; au milieu, une jeune femme assise tend, en riant, son pied déchaussé à un homme qui tient une pantoufle.

Signé et daté 1665.

Collection Tholen, à Embden.

Bois. Haut., 40 cent.: larg., 55 cent.

MOLENAER (JEAN MIENSE)

34 — Le jeune homme qui préfère l'amour à la richesse.

Il est debout entre deux femmes, écoutant leurs sollicitations ; la plus âgée, assise devant une table, tient un sac d'écus.

Collection Dresden, d'Amsterdam.

Bois. Haut., 25 cent.: larg., 23 cent.

MOLENAER (KORNELIS)

35 — Paysage. Effet de neige.

Au centre, trois villageois sur une route au milieu de laquelle est planté un poteau portant un réverbère ; à gauche, des hommes arrêtés à la porte d'une auberge ; à droite, quelques arbres ; dans le fond, un moulin.

Charmant petit tableau d'une remarquable finesse d'exécution, rappelant les œuvres de Jacques Ruysdael.

Signé en toutes lettres.

Toile collée sur bois. Haut., 37 cent.; larg., 3 cent.

MOUCHERON (FRÉDÉRIC)

Figures par LINGELBACH (JOHANNÈS)

36 — Paysage italien.

Au pied d'une tour en ruine, un homme monté sur un âne, chasse devant lui des bœufs, des chèvres et des moutons traversant un cours d'eau ; à droite, un homme assis et une femme filant. Fond de montagnes.

Signé.

Collection veuve Usselino.

Bois. Haut., 37 cent.: larg., 49 cent.

NEER (AART, VAN DER)

37 — Le Beffroi. Effet de clair de lune.

Il s'élève au-dessus d'une tour fortifiée construite
au bord d'une rivière ; on aperçoit vers le fond, le
clocher d'une église et les maisons d'un village se
détachant sur un ciel nuageux.

Signé du monogramme.
Lithographié par F. H. Weissenbrach dans la
chronique des *Beaux-Arts des Pays-Bas.*

Toile. Haut., 40 cent.; larg., 62 cent.

POTTER (PIETER SIMONSZ)

38 — Le Musicien.

Assis sur un tonneau et éclairé par une lampe,
il tient une mandoline ; des papiers à musique sont
déployés sur un de ses genoux.

Signé à gauche.

Bois. Haut., 35 cent.; larg., 25 cent.

REYNOLDS (attribué à JOSUA)

39 — Portrait de jeune femme.

La tête de profil, les cheveux noirs, en partie
cachés par une haute coiffure formée d'une

écharpe blanche et rose avec fleurs. Elle est vêtue d'une robe à raies jaune garnie de fourrure blanche. Fond avec rideau rouge.

Toile. Haut., 90 cent.: larg., 70 cent.

ROTTENHAMER

40 — Le Festin des dieux.

Ils sont dans un paysage assis autour d'une table abondamment servie, des amours leur apportent des fruits; au centre Junon, se tourne vers Minerve qui est debout ne paraissant pas prendre part au festin. Au-dessus un génie jette au milieu d'eux la pomme de discorde.

Fin et bon tableau provenant de la vente Pommersfelden.

Bois. Haut., 41 cent.; larg., 60 cent.

RUBENS (attribué à)

41 — L'Enfant Jésus et saint Jean, dans un paysage.

L'enfant Jésus est assis sur une draperie rouge posée sur un tertre. saint Jean tient l'agneau par le cou, la vue est interceptée à droite, par une grotte auprès de laquelle est jeté un tronc d'arbre.

Cette composition naïve est traitée d'une manière vigoureuse et digne du pinceau du maitre.

Bois. Haut., 38 cent.; larg., 53 cent.

RUBENS (genre de P. P.)

42 — La Descente de croix.

Esquisse.

Bois. Haut., 50 cent.: larg., 36 cent.

SAFTLEVEN (CORNÉLIS)

43 — Intérieur d'étable.

Un pot en cuivre, un tonneau, une auge; des baquets en bois posés auprès d'une cloison en planches; sur la droite, un banc, des chèvres, une mangeoire et divers ustensiles.

Signé et daté 1630.

Collection de Mlle B. G. Roelofs, d'Amsterdam.

Bois. Haut., 40 cent.; larg., 55 cent.

SAUVAGE

44 — Des Amours préparant leurs flèches.

Belle grisaille.

Toile. Haut., 1 m. 06 cent.: larg., 1 m. 80 cent.

SLINGELANDT (PIETER VAN)

45 — Jeune fille au perroquet.

Assise près d'une fenêtre cintrée, les cheveux blonds, vêtue d'une robe en satin blanc décolletée, elle tient un petit chien, un coussin à broder est posé sur la fenêtre ; à gauche perche un perroquet.

Bois. Haut., 19 cent.; larg., 15 cent.

STEEN (JAN)

46 — La Consultation.

Un médecin, debout, tâte le pouls d'une jeune femme assise, à laquelle une servante apporte de la tisane dans un verre.

Joli petit tableau de ce maître.

Signé.

Collection Gildemeester, de La Haye.

Bois. Haut., 32 cent.; larg., 25 cent.

STEEN (JAN)

47 — Scène galante.

Un soldat assis offre une pièce de monnaie à une servante qui lui apporte à boire.

Signé.

Bois. Haut., 36 cent.; larg., 30 cent.

TILBORGH (GILLES VAN)

48 — Le repas des villageois.

Plusieurs groupes de paysans et de paysannes
stationnant sur la place d'un village; à droite en
face d'une auberge, un vieillard, des hommes, des
femmes et des enfants boivent et mangent. A
gauche, sur le premier plan, un autre groupe; une
femme se repose près d'un panier rempli de linge;
plus loin, des pêcheurs à la ligne; vers le fond, des
maisons, des arbres et une église.
Signé.
Collection du baron Van Reede Van Oudtshoorn,
d'Utrecht.

Toile. Haut., 83 cent.; larg., 1 m. 05 cent.

TILBORGH (GILLES VAN)

49 — Après le repas.

Des villegeois sont assis autour d'une table
dressée devant une maison, ayant terminé leur
repas, ils écoutent un jeune homme vêtu de rouge
qui chante en tenant sa pipe; sur le perron de la
maison, deux hommes accoudés les regardent; à
droite et à gauche, des ustensiles de cuisine.
Bon tableau de l'artiste.

Toile. Haut., 80 cent.; larg., 1 m. 05 cent.

TOURNIÈRES (ROBERT)

50 — Portrait d'homme.

> Assis dans un fauteuil auprès d'une table, il se dispose à prendre une prise de tabac. Il a un bonnet noir avec gland sur sa tête et porte un riche costume, habit en soie bleue avec broderie et gilet tissé de fils d'or.
> Bon portrait.

Toile. Haut., 1 m. 10 cent.; larg., 85 cen'.

TOURNIÈRES (ROBERT)

51 — Portrait d'homme.

> Debout, devant une balustrade de pierre, drapé dans un manteau de velours violet, la figure de trois quarts, regardant vers la gauche, il écarte de la main gauche un rideau en velours bleu.

Toile. Haut., 1 m. 25 cent.; larg., 85 cent.

TOURNIÈRES (ROBERT)

52 — Portrait d'homme en chasseur.

> Debout, tenant un fusil ; il porte un vêtement doublé de fourrure, son chien à sa droite.

Toile. Haut., 1 m. 10 cent.; larg., 85 cent.

UYTENBRŒK (MOISE VAN)

53 — **Paysage.**

Au premier plan, un berger et des vaches se
reposent au pied de hautes constructions en ruines.

Bois. Haut., 22 cent.; larg., 28 cent.

VERSCHUUR (LIÉVIN)

54 — **Marine.**

A gauche, des vaisseaux à voiles amarrés au
rivage et qu'on est en train de décharger. Au centre, la mer éclairée par un splendide coucher de
soleil. A droite, plusieurs barques montées par
différents personnages et des vaisseaux dont un, à
demi renversé, est en réparation.

Superbe tableau de ce maitre, d'un effet remarquable.

Signé du monogramme.

Collection Guyot, de la Haye.

Toile. Haut., 1 m. 08 cent.; larg., 1 m. 65 cent.

VICTOR (JAN)

55 — **Noce de village.**

Dans l'intérieur d'une cuisine hollandaise, des
hommes et des femmes en assez grand nombre
sont assis. Au centre, un jeune homme invite une

jeune femme à danser. A droite, un musicien
jouant du violon, debout sur un escabeau.
Signé.

Toile. Haut., 70 cent.; larg., 87 cen .

VITRIMGA (WIGERUS)

56 — Marine.

Un navire à trois mâts avec pavillon hollandais
et un bateau à voiles s'éloignent vers la haute mer
par un temps de houle; à droite, une jetée et des
maisons de pêcheurs. Ciel chargé de nuages.
Ce tableau est signé : A. Cuyp.
Collection Hodgson Dedel, d'Amsterdam.

Toile. Haut., 83 cent.; larg., 1 m. 05 cen.

WATTEAU (d'après ANTOINE)

57 — Concert dans le parc.

A gauche, une jeune fille et un jeune musicien
accordant son violon; près d'eux, un second couple,
la jeune fille lisant une partition; deux enfants
jouant avec un chien. Au centre, un jeune homme
en costume rouge et blanc accorde une guitare, le
pied posé sur un tabouret. Au milieu d'un massif
d'arbres, on voit une statue de Priape; vers le fond
une belle perspective animé par de nombreux
groupes, puis un étang, et, à l'horizon, une chaine
de montagnes.
Belle copie ancienne.

Toile. Haut., 68 cent.; larg., 84 cent.

WATTEAU (genre d'ANTOINE)

58 — Dame et seigneur se promenant dans un parc près d'une fontaine.

Toile. Haut., 45 cent.; larg., 35 cent.

WITT (EMMANUEL DE)

59 — Paysage avec bergers et animaux.

Près d'un tronc d'arbre au centre de la composition, une vache, une brebis, et un berger assis causant avec une bergère qui fait un bouquet. Signé.

Bois. Haut., 52 cent.: larg., 65 cent.

WOUWERMAN (d'après PH.)

60 — Villageois déchargeant un bateau.

Bois. Haut., 37 cent.: larg., 49 cent.

WYCK (THOMAS)

61 — L'Abreuvoir.

Des paysans conduisant une charrette chargée de

légumes, des ânes et des moutons se sont arrêtés près d'un fontaine située sous des rochers formant grotte. A droite, on aperçoit de hautes constructions et un pont.

Collection de Mlle B. G. Boelofs, d'Amsterdam.

Toile. Haut., 70 cent.; larg., 88 cent.

ÉCOLE HOLLANDAISE.

62 — Vanitas.

Un livre ouvert, une sphère, un sablier, une tête de mort, un brûle-parfums en terre, des lunettes, une montre, des pièces d'or, un cahier de musique, un violon, une mandoline, etc.; le tout posé sur une table couverte d'un tapis.

Ce tableau, qui est très habilement peint, porte le monogramme de Rembrandt et la date 1625.

Bois. Haut., 90 cent.; larg., 72 cent.